W0375084

Le Miroir enchanté

L'étoile du shérif

L'auteur

Nicolas Campbell a passé son enfance en Inde. Passionné d'histoire et de romans d'aventures comme *Tom Sawyer* ou *L'Île au trésor*, il adore voyager et regarder des vieux films avec son fils. S'il n'avait pas été écrivain, il aurait aimé être pilote dans l'aviation ou explorateur. Il vit en Angleterre avec sa famille et son chien Razz.

Dans la même collection :

1. *Prisonnière des corsaires*
2. *L'étoile du shérif*
3. *Le tournoi des écuyers*
4. *Le pic du Diable*

Le Miroir enchanté

Nicolas Campbell

L'étoile du shérif

Tome 2

Traduit de l'anglais par Fabienne Berganz

Illustré par Prince Gigi

POCKET JEUNESSE
PKJ·

Titre original :
Cowboys and Outlaws

Loi n° 49-956 du 16 juillet 1949
sur les publications
destinées à la jeunesse : juin 2014.

© 2014, Working Partners Ltd.
© 2014, éditions Pocket Jeunesse, département
d'Univers Poche, pour la traduction française
et la présente édition.

La série *Le Miroir enchanté* a été créée par Working
Partners Ltd, Londres.

ISBN : 978-2-266-23438-2

Merci à Allan Frewin Jones

Jade Key

Jade Key : 10 ans.
La cousine de Louis.
Garçon manqué,
énergique, drôle,
elle fonce avant
de réfléchir…
ce qui la met
souvent en danger.
Elle a une petite sœur,
Milly.

Louis Key

Louis Key : 10 ans.
Courageux, malin,
il aime réfléchir
à la situation avant de
prendre une décision.
Il est fils unique.
Il a un chien, **Oliver**,
un terrier un peu foufou.

Chapitre 1

— Vingt-cinq… Vingt-six… Vingt-sept…

Louis grimpe quatre à quatre l'escalier en colimaçon et se faufile derrière l'une des tapisseries suspendues au mur du couloir. En bas, dans le vestibule, son cousin Richard compte lentement. Richard a des cheveux roux coiffés en queue-de-cheval. Il est un peu plus âgé que Louis.

C'est vraiment nul, de jouer à cache-cache. Surtout avec tous ces cousins que Louis ne connaît pas.

— Vingt-huit… Quarante-deux… Cinquante-quatre…

En plus, Richard est un sale tricheur.

Décidément, Grand-père a eu une drôle d'idée de réunir toute la famille dans son château délabré pour fêter sa retraite. Il aurait mieux fait de continuer à voyager. Comme ça, Louis serait resté à la maison et aurait regardé la télé tout l'été.

Des griffes cliquettent sur le parquet vernis. Une truffe humide se glisse sous la tapisserie. Une boule de poils gris emmêlés apparaît. Oliver, le chien de Louis, se couche aux pieds de son maître.

— Quatre-vingt-dix-huit... Quatre-vingt-dix-neuf... Cent ! Attention, j'arrive !

Dans le château, des cris retentissent. Tous les cousins courent se cacher.

Soudain, quelqu'un écarte la tapisserie et s'accroupit à côté de Louis. C'est Jade, la cousine garçon manqué.

Jade porte toujours des vêtements froissés. Elle est un peu gaffeuse. Louis la trouve plutôt cool.

— Super cachette ! se moque-t-elle.

— Va ailleurs, si tu n'es pas contente ! réplique Louis.

— Justement, il y a un endroit où personne ne nous trouvera ! renchérit Jade, les yeux pétillants.

Louis sourit. Jade pense au grenier secret, dont la porte est cachée derrière une étagère de la bibliothèque.

— Tu es sûre que tu veux y retourner ? demande Louis.

Parce que la dernière fois qu'ils y sont allés, Jade et Louis ont traversé un miroir magique et atterri sur un bateau pirate, en pleine mer des Caraïbes !

— On pourrait juste vérifier si le miroir est toujours là, propose Jade.

— D'accord, fait Louis en attrapant sa cousine par la manche. Viens vite, avant que Richard ne nous voie !

Jade et Louis sortent de leur cachette et longent le couloir sur la pointe des pieds. Oliver les suit en remuant la queue. Au rez-de-chaussée, Richard s'exclame :

— Je t'ai trouvée, Milly !

Jade et Louis entrent dans la bibliothèque, allument la lumière et referment la porte.

Rien n'a changé depuis l'autre jour : les portraits des ancêtres de la famille sont toujours accrochés aux murs. Les centaines de livres rangés sur les étagères sentent autant la poussière. Et le plus gros d'entre eux, l'*Arbre généalogique des Key*, est posé au même endroit sur la table, au milieu de la pièce. C'est un livre relié de cuir, dont le titre est écrit en lettres dorées. Les pages sont craquelées et l'écriture élégante. Les noms de toute la famille de Jade et de Louis y sont inscrits depuis le XVIe siècle.

Mais cette fois, ils n'ont pas le temps de lire.

Jade et Louis font coulisser une étagère, s'engouffrent dans le passage secret, grimpent le petit escalier en bois et débouchent dans le grenier.

Sous le toit pointu, les poutres en bois et les lucarnes sales il y a un fouillis d'objets : l'histoire de la famille

Key est entassée sur une centaine de mètres carrés.

Oliver soulève un drap et se met à renifler la poussière.

Jade s'arrête devant une malle couverte d'autocollants. Louis se penche par-dessus son épaule pour lire ce qu'il y a marqué dessus : « Java, Mandalay, Machu Picchu, Tombouctou »... Apparemment, le coffre a beaucoup voyagé.

Jade l'ouvre et commence à farfouiller dedans.

— Qu'est-ce que tu fais ? s'inquiète Louis. Tu sais ce qui s'est passé, la dernière fois qu'on a regardé dans un coffre !

L'idée de retourner au grenier n'était pas si bonne, finalement.

Mais Jade n'écoute pas. Elle sort du coffre un objet doré, le frotte sur son tee-shirt et le montre à Louis.

— C'est quoi, ce truc ?

L'objet scintille sous les rayons du soleil filtrant par une lucarne.

— C'est une étoile de shérif, murmure Louis, stupéfait.

— Géniaaal ! s'exclame Jade en posant l'étoile sur sa poitrine. Je suis Calamity Jade, la tireuse la plus rapide de l'Ouest !

Louis part dans un fou rire : c'est vrai que Jade est une calamité !

Soudain, une lueur inonde le grenier. Les deux cousins se retournent d'un bloc. La lueur provenait du grand miroir posé contre un mur et caché par un rideau.

— Tu as vu la même chose que moi ? souffle Jade.

La seconde d'après, BRRROUM ! un coup de tonnerre retentit. Puis on entend un hennissement de peur.

— Ça y est, ça recommence ! gémit Louis, la gorge serrée.

Jade traverse la pièce et écarte le rideau d'un coup sec. Dans le miroir, il fait nuit noire. L'orage gronde. La pluie tombe à grosses gouttes. Des éclairs violets zigzaguent dans le ciel, dévoilant une immense prairie parsemée d'arbres et bordée de montagnes lointaines.

Au milieu de la prairie, il y a Jade et Louis, en jeans, bottes de cuir et chemises à carreaux. Ils portent un foulard rouge autour du cou et un chapeau de cowboy sur la tête.

— On reste là, ordonne Louis. La dernière fois qu'on a traversé le miroir, on a failli se faire tuer !

À cet instant, un autre hennissement se fait entendre. Jade lance à Louis un regard inquiet. Les deux cousins s'avancent et scrutent les ténèbres du miroir.

— On ne voit rien du tout, fait remarquer Louis.

— Si ! Là-bas ! s'exclame Jade en pointant le doigt. Un cheval attaché à un arbre !

Louis regarde mieux. Jade a raison. Le cheval se cabre, tire sur la corde et hennit de plus belle. Il a senti le danger.

— Il ne faut jamais rester sous un arbre pendant un orage ! s'écrie Louis. Si la foudre tombe, ce cheval va se faire électrocuter !

— Il faut le délivrer, dit Jade d'une voix ferme.

— D'accord, soupire Louis. Mais ensuite, on rentre direct !

— Promis !

— Et surtout, ne perds pas l'étoile de shérif !

Sinon, Jade et Louis ne pourront pas retourner au château.

Lorsqu'il traverse le miroir, Louis a la tête qui tourne, mais ça ne dure pas longtemps. Il s'élance vers l'arbre sous la pluie battante, suivi de Jade et Oliver.

Dès qu'il les aperçoit, le cheval roule des yeux effrayés.

— Du calme, lui dit Jade en lui caressant l'encolure. On est venus te sauver.

Elle tend la main vers la corde attachée à une branche basse. Aussitôt, le cheval se tait et arrête de bouger.

— C'est un cheval de cowboy, observe Louis en tapotant le lasso suspendu à la selle. Sauf que le cowboy a disparu…

— Il n'y a pas que le cowboy, qui a disparu, annonce Jade.

Louis lève les yeux. Oh, oh. Jade a son air de Miss Super-gaffeuse.

— Ne me dis pas que tu as perdu l'étoile de shérif ! gronde Louis.

Jade croise les bras et rétorque :

— Je ne l'ai pas *perdue*, elle a *disparu* !

Louis se mord la langue. Il lui est arrivé la même chose avec le bateau dans la bouteille, l'autre fois. Il tenait la bouteille, et d'un coup, pouf! elle s'est volatilisée.

— Je savais qu'on n'aurait pas dû traverser le miroir, bougonne-t-il en se retournant.

Il sait déjà ce qu'il va voir: rien. Plus de miroir. Plus de château. Et plus de grenier.

Jade et Louis sont coincés au Far West au temps des cowboys.

Et comme par hasard, l'orage redouble de violence. Les éclairs fusent, la pluie crépite, le tonnerre gronde. Soudain, Louis aperçoit une petite cabane en bois. Elle est habitée: de la fumée s'échappe de la cheminée.

Louis réfléchit à toute vitesse:

— Regarde, Jade, une cabane! La personne qui vit dedans sera sûrement contente qu'on ait sauvé son cheval! Elle va nous conduire au shérif!

« Et comme ça, on pourra lui prendre son étoile », achève-t-il en silence.

— Excellente idée! commente une voix bourrue.

Jade et Louis sursautent puis se retournent. Un homme avec un grand manteau ciré se tient à quelques mètres d'eux. Son chapeau à large bord lui cache les yeux. Il n'a pas l'air très gentil.

L'homme va s'abriter sous l'arbre et ouvre son manteau. À la lueur d'un éclair, Louis voit une étoile briller sur sa poitrine.

— Vous… vous êtes le shérif! bredouille-t-il, soulagé.

— Approchez, ordonne l'homme.

Jade et Louis obéissent. Aussitôt, le shérif sort de sa poche deux paires de menottes et les passe aux poignets des deux cousins avec une rapidité surprenante.

— Hé! Qu'est-ce que vous faites? proteste Jade.

— Au nom de la loi, je vous arrête pour vol de cheval.

— Quoi? s'écrie Louis. On n'a pas volé ce cheval! On lui a évité de se faire électrocuter!

— Vous direz ça au juge, réplique le shérif. Où est le reste de la bande?

— Il n'y a que Louis et moi! proteste Jade. Et on n'est pas des voleurs!

— Ah oui ? Et ces foulards, c'est pour faire joli, peut-être ? (L'homme secoue la tête.) Assez discuté. En route pour la prison !

Jade et Louis échangent des regards affolés.

Cette fois, ils sont vraiment dans de sales draps.

Chapitre 2

— Comment va-t-on rentrer chez nous, maintenant ? chuchote Louis à l'oreille de Jade.

— En touchant l'étoile du shérif, répond sa cousine sur le même ton.

— Taisez-vous ! ordonne l'homme.

La pluie continue de tomber à verse. Jade fronce le nez et grommelle :

— J'espère qu'en prison il y a au moins de l'eau chaude, parce que j'ai besoin d'une douche.

Louis n'en revient pas. Jade n'a vraiment peur de rien.

— J'ignorais que les Desperados

avaient le sens de l'humour, ricane le shérif.

— Les Desperados ? répète Louis.

— Arrête de faire l'innocent ! Tu sais bien : les Cinq Desperados. Ta bande de voleurs.

— Puisque je vous dis qu'on n'est pas des voleurs ! riposte Louis.

— Oh ! je t'ai assez entendu, soupire le shérif, agacé.

Louis serre les dents. Il commence à avoir froid. Il aurait aimé avoir un ciré, lui aussi. Il est trempé jusqu'aux os. Un peu plus loin, Oliver avance en grelottant. Le pauvre ! On dirait une vieille serpillière.

Enfin le petit groupe ralentit. Devant eux apparaît une vraie ville de western : des maisons en bois, une banque, un saloon et une église alignés de part et d'autre d'une route en terre. Accrochée à l'entrée, une grande bannière proclame :

LE CHEMIN DE FER TRANSCONTINENTAL
PASSE PAR ELIZABETHTOWN !

Louis se rappelle son cours d'histoire de l'année dernière. Le chemin de fer transcontinental a été construit aux États-Unis dans les années 1860. Depuis, la ligne traverse le pays d'est en ouest.

Le shérif ouvre une porte et pousse Jade et Louis dans un petit bâtiment. Il n'y a pas grand-chose, ici. Un bureau, une chaise, un placard… et une cellule de prison. Le shérif attrape un trousseau de clés suspendu à un crochet, déverrouille la porte, et lance :

— Entrez là-dedans !

Jade et Louis obéissent à contrecœur. Oliver court dans la cellule en s'ébrouant.

— C'est malin, rouspète Louis en

faisant les gros yeux à son chien. Maintenant, on est enfermés tous les trois!

Pour toute réponse, Oliver court en rond sans cesser d'agiter la queue.

Le shérif referme la porte à clé, s'assied au bureau, ouvre un cahier et se met à écrire.

Louis regarde à travers les barreaux. Cinq avis de recherche sont cloués sur le mur d'en face. Sur chacun d'eux, on a dessiné un homme vêtu d'un cache-poussière, d'un chapeau de cowboy et d'un foulard qui lui dissimule le visage. Dessous, on a écrit :

LES CINQ DESPERADOS
Recherchés pour vol de chevaux
Morts ou vifs
Récompense : 50 $

Louis plisse les yeux. Sur les dessins, tous les bandits se ressemblent, mais chaque affiche comporte un nom et une description :

Pete le Costaud. Très dangereux.
John l'Anguille. Fourbe et rusé.
Willy White. Jumeau de Billy,
as de la gâchette.
Billy White. Jumeau de Willy,
un peu lent d'esprit.
Le Chef. Le cerveau de la bande.

Les mots « EN PRISON » sont marqués au tampon rouge sur l'affiche de Pete le Costaud.

Tout à coup, une voix grave s'élève de l'ombre :

— Descends de là, sale cabot ! C'est *ma* couverture !

Louis se retourne. Oliver est monté sur la couchette en bois posée contre le mur du fond. Dessus, il y a un homme aux muscles saillants, mal rasé, qui n'a pas l'air de bonne humeur. Oliver saute sur le sol avec un jappement de surprise. L'homme le saisit par la peau du cou et lâche un rire rocailleux.

— T'es quoi ? Un rat géant ?

— Rendez-moi mon chien ! gronde Louis en prenant Oliver dans ses bras.

L'homme cligne des yeux. Il regarde Louis. Puis Jade. Il demande :

— Qui vous êtes, minus ?

— Arrête ta comédie, Pete ! intervient le shérif. Tu les connais : ce sont des membres des Desperados !

À cet instant Louis comprend : cet homme, c'est Pete le Costaud. Un foulard noir est noué autour de son cou de taureau.

— Je ne les ai jamais vus, grogne-t-il. Mais s'ils veulent se faire pendre à ma place, ce sera avec plaisir !

Jade appuie son front contre les barreaux et s'écrie :

— Vous voyez qu'on ne fait pas partie des Desperados ! On ne voulait pas voler ce cheval, on voulait l'empêcher de se faire électrocuter !

— Encore cette histoire ! s'énerve le shérif. Tais-toi, au lieu d'inventer des mots !

Louis soupire. Ça ne sert à rien d'essayer d'expliquer. L'électricité n'existait pas en 1860.

De toute manière, pour sortir d'ici,

Jade et Louis doivent toucher l'étoile du shérif. Et donc, attirer celui-ci vers la cellule. Pour ça, Louis a une idée.

— S'il vous plaît, monsieur le shérif, pleurniche-t-il. Mon chien est malade ! On peut l'emmener chez le docteur ?

Le shérif se lève et s'approche lentement. Louis pose Oliver par terre. L'homme se penche pour l'examiner.

C'est le moment. Louis attrape Jade par la main, passe le bras entre les barreaux et touche l'étoile épinglée sur la chemise du shérif.

Sauf que rien ne se passe.

Ni château, ni miroir, ni grenier.

Le shérif se redresse, empoigne Louis par le col et gronde :

— Enlève tes sales pattes de mon étoile !

Au même moment, Louis remarque que l'étoile n'est pas en or, mais en argent, et que l'inscription « shérif adjoint » est gravée dessus.

Cet homme n'est pas le shérif.

Soudain, Pete le Costaud se jette contre les barreaux. D'une main, il saisit les bras du shérif adjoint. De l'autre, il s'empare des menottes accrochées à sa ceinture. En trois secondes, l'adjoint se retrouve attaché aux barreaux de la cellule.

— Ha ! ha ! se moque le bandit. On fait moins le malin, hein, monsieur le shérif adjoint frisouillis ?

— T'es pas plus avancé, Pete ! lance Frisouillis en le fusillant du regard. Tu ne peux pas attraper les clés !

Pete s'esclaffe et donne une grande claque dans le dos de Louis... si fort que les dents de Louis s'entrechoquent.

— Bien joué, gamins ! Vous êtes dignes de faire partie des Desperados !

— Euh… non merci, s'empresse de répondre Jade. On a…

Un sifflement strident l'interrompt. Il y a quelqu'un sous la petite fenêtre de la cellule. Avec un sourire jusqu'aux oreilles, Pete se précipite vers l'ouverture, siffle à son tour et s'éloigne du mur en criant :

— Protégez-vous la tête. Ça va sauter !

BOUM ! Le mur de la prison vole en éclats.

Chapitre 3

Louis se couvre le visage avec le bras. Une épaisse fumée envahit le bureau du shérif. Une pluie d'échardes tombe à terre. Il y a un gros trou dans le mur de la prison. Heureusement, personne n'est blessé.

— YAHOOOU ! hurle Pete le Costaud.

Lorsque la fumée se dissipe, un homme tout maigre au visage rusé se glisse dans le trou. Il se déplace sans bruit, en ondulant comme un serpent.

« Ce doit être John l'Anguille », songe Louis.

— Beau travail, Pete ! s'exclame le bandit d'une voix aiguë.

— C'est grâce aux gamins, répond Pete en désignant du pouce Jade et Louis.

John s'approche du shérif adjoint, lui tire la langue et chantonne :

— Na-na-na-nèreuh ! Tu ne peux plus rien faireuh !

— Attends un peu que le shérif revienne ! gronde Frisouillis.

— Faudrait d'abord qu'il m'attrape ! ricane John l'Anguille en se faufilant dehors. Et c'est pas demain la veille !

Pete le Costaud se tourne vers Louis et Jade et demande :

— Ça vous tente, une petite balade ?

— Bien sûr ! réplique Louis.

— Pas question ! rugit Jade en croisant les bras.

Louis n'en croit pas ses oreilles.

— Ce sont des *bandits*, réplique Jade à mi-voix.

— Tu préfères rester en prison ? rétorque Louis.

— Euh… non. S'enfuir avec les bandits, c'est mieux.

Tout le monde sort sans rien ajouter.

Deux grands chevaux noirs attendent dehors. Pete le Costaud soulève Louis et l'installe derrière la selle. John l'Anguille fait pareil avec Jade et crie :

— Yaaah !

Les chevaux s'élancent au triple galop. Oliver les suit en aboyant gaiement.

Cramponné à la selle, Louis s'inquiète. Comment vont-ils récupérer l'étoile du shérif?

Au bout d'un temps qui paraît interminable, les chevaux s'engagent au petit trot dans un canyon encombré de rochers et de buissons épineux. La pluie s'est arrêtée. Quelques étoiles brillent dans le ciel. Au loin, Louis remarque des trous dans la falaise. Ce sont sûrement des grottes.

Et, au détour d'un sentier, apparaît un enclos. Il est rempli de chevaux volés.

Ils sont arrivés au repaire des Cinq Desperados.

John l'Anguille s'arrête, se tourne face à une grotte éclairée par une lueur rouge et lance :

— Où est le shérif, sac de pommes de terre ?

— Le shérif est mort et six pieds sous terre ! répliquent deux voix à l'unisson.

John et Pete échangent un grand sourire.

« Drôle de mot de passe ! » se dit Louis en descendant de cheval.

Il a très mal aux fesses. Il va sûrement avoir plein de courbatures, demain. Tout comme Oliver, qui arrive en haletant.

John et Pete conduisent Jade et Louis dans la grotte. À l'intérieur, deux hommes sont en train de raviver un feu sous une marmite. Ils portent les mêmes habits et se ressemblent comme deux gouttes d'eau.

— Ce doit être les jumeaux, Billy et Willy White, murmure Louis à l'oreille de Jade.

Les deux hommes les regardent bêtement avec un sourire édenté.

— Pourquoi vous êtes tout mouillés ? demande l'un d'eux.

— Parce qu'il a plu, imbécile, rétorque John l'Anguille.

— On a faim, lance Pete le

Costaud. Qu'est-ce qu'il y a dans la marmite ?

— Du rat et des haricots, répond Billy... à moins que ce ne soit Willy.

— Berk ! chuchote Jade.

— C'est qui, ces gamins ? demande Willy... à moins que ce ne soit Billy.

Pete prend un bâton posé au-dessus du feu et commence à manger le rat embroché dessus.

— Ils m'ont... miam !... aidé à m'évader, dit-il en mastiquant bruyamment. Ils sont futés... Frisouillis, miam ! s'est fait avoir comme un bleu !

— L'adjoint du shérif s'appelle vraiment Frisouillis ? veut savoir Jade.

— Non... miam !... On l'a surnommé comme ça à cause de ses cheveux frisés... Il en a tellement honte qu'il n'enlève jamais son chapeau. Miam ! Même dans son bain !

Jade s'approche du feu et hume la marmite de haricots.

— Faut pas garder les gamins, Pete ! râle l'un des jumeaux. Ils vont nous dénoncer au shérif !

— Billy a raison, acquiesce son frère. En plus, les Cinq Desperados n'acceptent personne !

— Pour l'instant, vous êtes les Quatre Desperados, fait remarquer Jade.

Elle remplit une assiette de haricots et la tend à Louis, qui fait « non » de la tête. Il n'est pas affamé à ce point.

— Pourquoi elle dit ça ? articule Billy.

— Parce que le Chef n'est pas là, soupire Willy.

Lentement, Billy compte sur ses doigts et demande :

— Est-ce qu'il va falloir partager le magot en sept ? La banque est bien gardée, et…

Son frère le fait taire d'un coup de coude.

À ces mots, Louis hausse un sourcil. Est-ce que les Cinq Desperados comptent cambrioler une banque ?

— Allez vous occuper des chevaux, les gamins ! ordonne Pete le Costaud avec un regard noir. Mes copains et moi, il faut qu'on discute.

Jade pose son assiette, Louis empoigne Oliver par le collier.

En arrivant devant l'enclos, Jade s'arrête devant un cheval noir et blanc.

— Comme il est beau ! s'exclame-t-elle en caressant sa longue crinière blanche. J'aimerais vraiment avoir un cheval comme celui-là !

Soudain, Louis se fige. Pete le Costaud descend le chemin qui mène à l'enclos. Il a dégainé son pistolet à six coups. Et il affiche une mine sinistre.

— Désolé, les gamins, fait-il en pointant son arme sur la poitrine de

Louis. Mes copains et moi, on a voté. Vous pouvez pas rester.

Le cœur battant, Louis lève les mains et s'exclame :

— Ne tirez pas ! On ne dira rien, promis-juré !

— Avancez ! ordonne sèchement Pete le Costaud en agitant son revolver.

Louis regarde autour de lui. Ils sont en plein désert. Il fait nuit noire. Impossible de fuir.

Pete conduit Jade et Louis en haut d'une falaise escarpée. Ici, le vent souffle fort. Les étoiles semblent énormes. Louis s'arrête au bord du précipice et regarde en bas. C'est haut. Très haut, même. Louis se met à trembler. Jade est toute pâle et se mordille la lèvre. Oliver, lui, n'a pas l'air inquiet. Il renifle les rochers en remuant la queue.

Pete le Costaud arme son revolver.

Louis ferme les yeux. Ça y est, Pete va tirer.

Bang! Bang!

Pete a bien tiré, mais Louis n'est pas mort. Il ouvre les yeux, lâche un long soupir… et se retourne.

Pete a tiré en l'air. De la fumée s'échappe du canon de son revolver.

— C'est votre jour de chance, les gamins! gronde-t-il. Il y a un chemin qui mène au fond du canyon. Filez, et pas un mot sur notre repaire!

À ces mots, il rengaine son arme, tourne les talons et s'éloigne à grandes enjambées.

Chapitre 4

— J'ai chaud, se plaint Jade.

— Oui, mais au moins, maintenant, on est secs, réplique Louis.

— J'ai soif, renchérit Jade.

Ça fait des heures qu'ils marchent dans le désert. Le soleil brûle. Les rochers ondulent comme des mirages. Le vent soulève des tourbillons de sable. Louis ruisselle sous son foulard qu'il a remonté jusqu'aux yeux. À côté de lui, Oliver trottine, la langue pendante.

Jade et Louis l'ont échappé belle. Pete le Costaud devait être dans un bon jour.

— Il faut trouver de l'eau, sinon, on va mourir de soif! lâche Jade.

Toujours optimiste, Louis répond :

— On va bien finir par tomber sur un ranch, ou par croiser une ligne de chemin de fer qui nous conduira en ville !

Ses paroles rassurent un peu sa cousine.

Soudain, Louis tend le doigt :

— Regarde ! Il y a des gens, là-bas !

Les deux cousins accélèrent. Mais en s'approchant, Louis sent ses espoirs s'envoler. Ce ne sont pas des hommes ; ce sont des cactus. Des cactus gigantesques, aux formes bizarres.

— De l'eau ! s'écrie Jade en courant vers les plantes.

Louis en reste bouche bée. Ça y est, Jade est devenue folle. Le soleil a dû lui taper trop fort sur la tête.

Et puis, Jade ramasse une pierre tranchante et coupe un bout de cactus avec.

— Les cactus contiennent de l'eau. J'ai vu ça dans un reportage à la télé, explique-t-elle.

L'intérieur de la plante est mou et spongieux. Les deux cousins se penchent pour aspirer le liquide, que Jade recrache aussitôt.

— C'est dégoûtant ! On dirait du liquide vaisselle !

Louis lâche le morceau de cactus en faisant la grimace. Oliver lèche un peu de jus puis recule en plissant la truffe.

Tout à coup, une voix retentit :

— Éclair !

— Ça vient de ce ravin, là-bas ! s'écrie Jade.

Jade a raison : au fond d'un petit ravin, un garçon d'une douzaine d'années, vêtu d'une salopette usée, a les mains en porte-voix :

— Éclair ! Où es-tu ?

Jade et Louis se dépêchent de le rejoindre.

— Bonjour ! lance le garçon avec un sourire amical. Je m'appelle Bobby. Vous n'avez pas vu mon cheval ? Il s'est échappé de son enclos.

Jade désigne la gourde que Bobby porte en bandoulière et demande :

— C'est de l'eau ?

— Oui, répond le garçon. Vous en voulez ?

Jade et Louis boivent goulûment,

puis Louis met ses mains en coupe et verse de l'eau dedans pour qu'Oliver puisse boire.

— Éclair est noir et blanc, avec une crinière blanche, poursuit Bobby. C'est le cheval le plus rapide de l'Ouest !

Louis fronce les sourcils : un cheval noir et blanc… C'est sûrement celui qu'ils ont vu dans le repaire des Cinq Desperados !

— Mauvaise nouvelle, annonce-t-il. Je crois que les Cinq Desperados l'ont volé.

Les épaules de Bobby s'affaissent.

— Alors, je ne le reverrai jamais, murmure-t-il.

— J'ai peut-être une idée ! s'exclame Louis. Jade et moi, on sait où se trouve leur repaire. Si on va voir le shérif, il arrêtera les Cinq Desperados…

— … et tu récupéreras Éclair, complète Jade avec un sourire.

— Formidable ! approuve Bobby.

Suivez-moi. Mes parents sont allés faire des courses, mais ma sœur Mathilde va vous préparer un petit déjeuner. Ensuite, on ira voir le shérif.

★

Louis se réveille en sursaut. Il s'est endormi sur la table sans même finir son assiette. Pourtant, le pain de maïs et le gratin de purée de maïs au jambon étaient délicieux. Louis en a englouti les trois quarts, a vidé sa tasse de lait et a fermé les yeux sans s'en rendre compte.

— Re-bonjour, sourit Mathilde. Bien dormi ?

Louis ouvre les yeux : Mathilde est une fille robuste, au visage rond et aux cheveux blonds et bouclés. Aucune ressemblance avec les Key, qui sont presque tous roux. Mathilde n'est pas une ancêtre de Louis.

— Tu veux encore du pain de maïs ? propose-t-elle.

— Non merci, répond Louis. Où est Jade ?

— Dehors. Bobby lui apprend à se servir d'un lasso. Elle est très douée.

Ah oui ? Louis ne veut pas manquer ça. Il sort dans une cour en terre battue. Jade vient d'accrocher son lasso à un poteau de la barrière.

— Du premier coup ! s'exclame Bobby. Tu es sûre que tu n'as jamais lancé de lasso ?

— Sûre et certaine, réplique Jade, rayonnante. Je dois avoir du sang de cowgirl dans les veines…

— Assez joué, déclare Mathilde d'une voix ferme. Allons voir le shérif.

— Si on faisait exploser quelques pétards, d'abord ? demande Bobby, les yeux brillants.

— Tu sais bien que Papa et Maman te l'ont interdit, riposte sa sœur aînée. Viens plutôt m'aider à atteler le chariot. En plus, le premier train arrive en ville cet après-midi. Tu ne voudrais pas manquer ça, hein, Bobby ?

Mathilde semble tout excitée par cette nouvelle. Louis évite de lui dire qu'il va à l'école en train cinq fois par semaine. Mathilde risque de le prendre pour un fou.

Tout le monde grimpe dans le chariot. Mathilde saisit les rênes, fait un drôle de bruit avec sa bouche, et le chariot s'élance sur la route. Oliver s'est installé à l'arrière. Le vent fait voleter ses oreilles.

Dès qu'ils arrivent à Elizabethtown, Jade et Louis sautent à terre et courent vers le bureau du shérif. Mais une fois devant la porte, Jade hésite :

— Et si le shérif ne nous croit pas et nous remet en prison ?

— Croisons les doigts pour que ça n'arrive pas, répond Louis. Quant à toi, Oliver, attends-nous dehors !

— Ouaf! approuve le chien.

Le bureau du shérif sent encore la fumée. Un courant d'air frais s'engouffre par le trou créé par l'explosion. Un homme aux cheveux blancs et bien rasé est assis sur la chaise. Aucune trace de Frisouillis.

— Excusez-moi, commence Louis. Je voudrais parler au shérif.

L'homme lui lance un regard perçant et répond :

— Je suis le shérif Matthew Sweetwater. Que puis-je faire pour vous ?

En quelques mots, les deux cousins expliquent leurs aventures. Louis a très envie de toucher l'étoile dorée qui luit sur la poitrine du shérif. Mais avant, il doit délivrer Éclair ; il l'a promis à Bobby.

Au moment où Jade s'apprête à parler de l'attaque de la banque, un homme entre dans le bâtiment. Il porte une grosse pile de feuilles de papier, qu'il pose sur le bureau en s'exclamant :

— Mission accomplie, shérif !

Louis jette un œil sur la pile, son sang se glace. Ce sont des affiches. Avec son visage et celui de Jade dessinés dessus : ils sont recherchés pour évasion !

« 20 $ de récompense pour la capture de l'un de ces dangereux hors-la-loi », proclame l'avis de recherche.

Le shérif Sweetwater regarde les

affiches. Puis Jade. Puis les affiches. Puis Louis. Enfin il ricane :

— Alors comme ça, vous êtes venus vous rendre ? Très bonne idée. Le juge se montrera peut-être plus compréhensif.

— Je… non… ce n'est pas…, bredouille Louis.

Le shérif se tourne vers une porte et appelle :

— Curtis !

La porte s'ouvre. Frisouillis pénètre dans le bureau et se fige.

— Curtis, arrêtez ces deux voyous, lui ordonne le shérif.

— Mais on a des choses à vous dire sur les Cinq Desperados! proteste Jade.

— On devrait peut-être les écouter, shérif, suggère Frisouillis.

— Je refuse d'écouter ces canailles, gronde Sweetwater.

Jade manque de s'étrangler:

— Mais...

— Ça suffit! rugit le shérif en tapant du poing sur le bureau. (Il se lève, se tourne vers son adjoint, et ajoute:) Passez-leur les menottes et enfermez-les chez le maréchal-ferrant... en attendant que la prison soit reconstruite!

Dans un geste désespéré, Louis se jette en avant, la main tendue vers l'étoile dorée. Vif comme un serpent, le shérif bondit en arrière et dégaine son revolver. Frisouillis attache les cousins ensemble avec une paire de menottes.

La tête basse, Jade et Louis sortent du bureau du shérif, escortés par Frisouillis et Sweetwater en personne.

La forge du maréchal-ferrant se trouve à l'autre bout de la ville. Un grand feu brûle dans une cheminée en pierre. Le sol, le mur et le plafond sont noirs de suie. Il fait encore plus chaud que dans le désert.

Le maréchal-ferrant, un géant poilu aux énormes muscles et à la barbe noire, brandit une paire d'éperons dorés qui scintillent à la lueur des flammes.

— Vos nouveaux éperons sont prêts, shérif!

— Merci, Tom, répond Sweetwater en les empochant. Enfermez ces deux prisonniers dans la réserve. Et ne les laissez pas s'échapper, ajoute-t-il en foudroyant Frisouillis du regard.

Honteux, l'adjoint baisse les yeux.

Le maréchal-ferrant conduit Jade et Louis dans une petite pièce crasseuse. Un anneau en métal est scellé au mur du fond. Le shérif sort un cadenas de sa poche et attache les menottes à l'anneau en marmonnant :

— Dommage... Vous allez rater la fête. Tous les enfants verront le train, sauf vous.

— On s'en fiche, de votre train, riposte Jade.

Louis la fait taire d'un petit coup d'épaule.

Avec un rire lugubre, Sweetwater sort de la pièce, ferme la porte et tire le gros verrou en fer fixé dessus.

Les deux cousins se retrouvent dans le noir.

— Génial, soupire Jade. En plus, il n'y a même pas de fenêtre !

Chapitre 5

Cling! Cling! Cling!

Le bruit du marteau sur l'enclume résonne dans la forge. Le shérif est parti. Le maréchal-ferrant est occupé. C'est le moment de chercher un moyen de s'évader.

Peu à peu, grâce à la lueur qui filtre entre les planches du mur, les yeux de Louis s'habituent à l'obscurité. Dans la réserve, il y a un tas de bûches et une boîte en bois remplie d'outils.

Louis sourit. Tout n'est peut-être pas perdu!

— Si on trouve un ciseau à bois

dedans, on pourra détacher l'anneau du mur, chuchote-t-il.

Sauf que la boîte est trop loin. Jade et Louis allongent la jambe pour essayer de l'attraper avec le pied. Ils tirent sur les menottes accrochées à l'anneau et se contorsionnent dans tous les sens. En vain. À la fin, ils ont les poignets égratignés par les menottes.

Soudain, Jade souffle :

— Chut !

— Je n'ai rien dit, réplique Louis.

— Tais-toi ! C'était quoi, ce bruit ?

Louis tend l'oreille. Quelqu'un pleure, de l'autre côté du mur en bois.

— C'est Oliver ! s'exclame Louis.

Du bout du pied, Jade pousse quelques bûches posées contre la paroi… et retient un cri de joie.

Elle vient de découvrir un trou dans le mur, derrière le tas de bûches. La tête d'Oliver apparaît. Leur compagnon se tortille un peu et parvient à se faufiler dans la pièce. Il se jette sur Louis en reniflant bruyamment et en remuant la queue.

— Doucement ! lui ordonne son maître à mi-voix. Il ne faut pas qu'on t'entende !

— On n'est pas sauvés pour autant, dit Jade. Tu crois qu'Oliver va aller chercher de l'aide, comme dans les films d'aventure ?

Louis lève les yeux au ciel et rétorque :

— Bien sûr que non. Oliver ne sait aller chercher que des bâtons et…

Louis s'interrompt. La poignée de la boîte à outils ressemble à un bâton !

— Va chercher le bâton, Oliver ! chuchote Louis. Allez ! Va chercher !

Oliver se met à tourner en rond, la truffe collée au sol.

— Louis…, lance Jade. Tu es sûr que tu n'as pas pris un coup sur la tête ?

— Mais non. Regarde !

Oliver a trouvé le bâton-poignée. Il le prend dans la gueule et traîne la boîte à outils jusqu'aux pieds de Louis, qui s'empare d'un ciseau à bois et s'attaque à la planche tout autour de l'anneau. Des copeaux de bois s'envolent dans la pièce… L'anneau bouge… Jade tire dessus… Ça y est ! L'anneau est décollé !

Oui, mais Jade et Louis sont toujours enchaînés l'un à l'autre. Ils doivent s'agenouiller pour que Louis puisse agrandir le trou dans le mur.

Enfin, au prix de quelques acrobaties, les deux cousins se glissent dehors.

— Rien n'arrête Calamity Jade ! plaisante-t-elle en s'époussetant.

Jade et Louis regardent à droite et à gauche. La rue est bondée. Les passants vont et viennent sans faire attention à eux. Il y a des femmes vêtues de bonnet et de longue robe à volants, des hommes en salopette usée, des cowboys avec des jambières en cuir et des pistolets à la ceinture, des hommes chics en redingote et chapeau haut de forme.

— Il faut dire au shérif que les Cinq Desperados veulent cambrioler la banque, lance Louis.

— Il va nous remettre en prison, objecte Jade.

Louis hausse les épaules :

— On n'a pas le choix : si on ne va pas le voir, on ne pourra pas rentrer chez nous.

Jade réfléchit un instant, puis expose son plan :

— Un : on entre dans le bureau du shérif en douce et on l'oblige à nous écouter. Deux : on touche son étoile et on rentre. Trois : on tourne le miroir contre le mur, et fini les ennuis !

— Je trouve quand même bizarre qu'on n'ait pas rencontré l'un de nos ancêtres, comme la dernière fois, remarque Louis. Il n'y a aucun roux, dans cette ville.

— Peut-être que le shérif était roux avant d'avoir les cheveux blancs, suppose Jade.

— On n'a qu'à le lui demander, dit Louis.

Jade et Louis longent la rue de derrière et s'arrêtent devant le mur de la prison. L'explosion a laissé une grosse tache noire sur le sol. Il y a encore des débris.

Louis passe la tête par le trou. La porte de la cellule est ouverte. Assis au bureau, son chapeau vissé sur la tête, le shérif adjoint Frisouillis est en train d'écrire sur son cahier. Il est très concentré. Il tire la langue comme un écolier appliqué.

— Le shérif n'est pas là, murmure Louis.

— Peut-être que Frisouillis nous écoutera, répond Jade sur le même ton.

Les deux cousins traversent la cellule puis toussotent. Surpris, Frisouillis manque tomber de sa chaise et pose la main sur la crosse de son revolver.

— Encore vous ? Comment vous êtes-vous échappés, cette fois ?

— On vous expliquera plus tard, répond Jade. Les Cinq Desperados vont attaquer la banque aujourd'hui !

Le shérif adjoint plisse les yeux.

— C'est vrai, insiste Louis. On les a entendus en parler dans leur repaire.

Frisouillis tord la bouche, puis articule lentement :

— Admettons que je vous croie. Je pourrais rassembler quelques hommes et…

Le visage de Louis s'illumine :

— On va vous conduire au repaire !

— Je préfère que vous me dessiniez une carte, réplique Frisouillis.

Il se lève, sort une clé de sa poche, détache les menottes et ajoute :

— Si vous m'avez menti, je vous jure que je vous couvre de goudron et de plumes !

Louis grimace. Du goudron et des plumes ? Drôle de punition ! Il s'empare d'une feuille de papier et d'un crayon posés sur le bureau, trace un plan et le tend à Frisouillis.

— Alors comme ça, ces coyotes se

cachent dans le canyon... Je pars les arrêter. Pendant ce temps, ne bougez pas d'ici jusqu'au retour du shérif. Et pas de bêtises, cette fois !

— Promis ! s'exclame Louis.

★

En attendant que le shérif revienne, Jade et Louis ont décidé de se promener en ville. Oliver les suit en trottinant. La rue principale grouille de monde. Tous les habitants d'Elizabethtown veulent voir le train.

Tout à coup, Jade et Louis entendent une voix familière :

— Bonjour, les amis !

C'est Mathilde et Bobby qui sortent d'un magasin, les bras chargés de provisions.

— C'est vrai, ce qu'on raconte ? demande Bobby. On vous a mis en prison ?

— Oui, avoue Louis.

— Et vous vous êtes évadés ? veut savoir Mathilde.

— Euh… oui et non, répond Jade.

— Vous avez le chic pour vous mettre dans le pétrin, commente Mathilde en haussant les sourcils. Pas étonnant que Bobby vous aime bien.

Bobby rougit jusqu'aux oreilles.

— On a indiqué le repaire des Cinq Desperados au shérif adjoint, explique Louis. Dans quelques heures, les bandits seront sous les verrous…

— … comme ça, je retrouverai Éclair, complète Bobby avec un grand sourire. Et tout ça, grâce à vous !

Un bruit de sabots les interrompt. Cinq cavaliers remontent la rue principale au triple galop. Ils ont un chapeau de cowboy sur la tête, un revolver à la main et un foulard noir plaqué sur le visage.

« Les Cinq Desperados. »

Frisouillis a échoué !

Les quatre enfants vont vite se

cacher derrière le chariot. Les cavaliers passent en trombe devant eux et tirent en l'air. La foule se disperse en poussant des cris terrifiés.

Louis sent une boule se coincer dans sa gorge.

Le shérif n'est pas là.

Frisouillis est parti avec tous ses hommes.

Qui va protéger la banque ?

Chapitre 6

Les cinq bandits mettent pied à terre devant la banque. Louis en reconnaît quatre : John l'Anguille, avec son corps tout maigre, Pete le Costaud, avec son cou de taureau, et Billy et Willy, habillés de la même façon. Le cinquième homme – celui aux épaules carrées – doit être le Chef.

Soudain, Bobby se lève d'un bond et s'écrie :

— Éclair !

Louis l'attrape par la chemise, l'oblige à se baisser et chuchote :

— Tu es fou ? Tu vas te faire tirer dessus !

— Mais ces chiens de prairie ont volé mon cheval, gémit Bobby. Et maintenant, ils vont voler l'argent de nos parents... et de tout le monde!

— Il faut les arrêter! martèle Jade en serrant les poings.

Louis jette un regard par-dessus le bord du chariot. John l'Anguille, Pete le Costaud et le Chef entrent dans la banque. Billy et Willy conduisent les chevaux sur le côté du bâtiment et se mettent à empiler des petits tonneaux contre le mur.

— Le coffre-fort est enfermé de ce côté, murmure Mathilde. C'est le seul mur en pierre de la banque.

— Je parie qu'ils veulent le faire exploser, devine Louis. Ces tonneaux doivent être remplis de poudre.

— On ne peut pas les laisser faire! s'écrie Mathilde.

D'un bond, elle se rue vers les

jumeaux. Billy dégaine son pistolet et la menace :

— Reste où tu es ! Sinon, je t'envoie retrouver tes ancêtres !

Pour prouver qu'il ne plaisante pas, il lève son arme et tire deux coups de feu vers le ciel.

Bang ! Bang !

Apeurée, Mathilde ne fait plus un geste.

Pendant ce temps, Willy s'empare d'un petit sac accroché à la selle d'un cheval et recule, sans s'apercevoir que le sac est troué : de la poudre noire s'en échappe et tombe au sol.

Cela donne une idée à Louis.

— Tu as tes pétards avec toi ? demande-t-il à Bobby.

Intrigué, le garçon sort une poignée de pétards rouges de la poche de sa salopette.

— Qu'est-ce que tu veux faire avec ça ?

— Faire croire aux Cinq Desperados que le shérif leur tire dessus, réplique Louis, les yeux brillants.

Au même moment, il aperçoit une vive lueur. Puis une boule de fumée blanche.

BOUM !

Apparemment, les jumeaux ont un peu forcé la dose de poudre. Willy titube et Billy a été projeté à terre par le souffle de l'explosion. Dans la rue, c'est la panique. Les gens courent dans tous les sens. Le mur de pierre est presque entièrement détruit.

John l'Anguille, Pete le Costaud et le Chef sortent de la banque en courant. Quelques billets s'échappent du sac que tient le Chef.

— Et maintenant, le coffre-fort ! s'exclame celui-ci d'une voix râpeuse.

Pendant que Billy monte la garde, ses quatre complices s'engouffrent dans la salle des coffres.

— À nous de jouer! souffle Louis à Jade et Bobby.

Sans se faire voir, les trois enfants contournent le magasin et longent la banque par l'arrière.

Soudain, une voix s'égosille:

— Tu devrais avoir honte! Même les chacals sont mieux élevés que toi!

Bobby se fige.

— C'est Mathilde, murmure-t-il d'une voix angoissée. Il faut toujours qu'elle se mêle de tout.

Louis se plaque contre le mur et jette un coup d'œil discret. Mathilde se tient debout devant Billy, les jambes écartées, les mains sur les hanches.

— Tu mérites une bonne fessée ! On ne vole pas l'argent des honnêtes gens !

— Tais-toi ! riposte Billy. Sinon, je te plombe !

— Essaie un peu, pour voir ! contre-attaque Mathilde. Je n'ai pas peur de toi !

Jade se tourne vers les deux garçons et déclare :

— On ferait mieux d'intervenir. Sinon, Billy risque de s'énerver.

Bobby s'accroupit, aligne une vingtaine de pétards sur le sol et entortille les mèches les unes aux autres. Ensuite, il sort de sa poche une petite boîte en métal avec les mots «*loco focos*» écrits dessus.

— Qu'est-ce que c'est? veut savoir Louis.

— Des allumettes phosphorescentes, répond Bobby en grattant le bout rouge de l'une d'elles sur le dos de la boîte. Bouchez-vous les oreilles.

Jade et Louis obéissent. Oliver recule en gémissant doucement.

Crac crac crac pêt!

Les pétards explosent les uns après les autres. Deux secondes plus tard, Jade met ses mains en porte-voix et crie:

— Hourra! Voilà le shérif! On est sauvés!

Des hurlements de joie lui répondent. Les bandits jaillissent de la banque, les bras chargés de sacs pleins à craquer.

— C'est vrai que le shérif est là, chef? demande Billy.

— Mais non, triple buse, tu sais bien que c'est impossible ! rétorque-t-il.

Furieux, Louis serre les dents. Le Chef n'est pas tombé dans le piège. Comment a-t-il su que le shérif n'était pas rentré ?

Les Cinq Desperados attachent les sacs de billets à leurs selles, enfourchent leurs chevaux et s'engagent dans la ruelle qui mène à la gare. John l'Anguille choisit de monter Éclair. Folle de rage, Mathilde s'élance à sa poursuite en les insultant.

Vite, il faut faire quelque chose ! N'importe quoi. Louis bondit vers un chariot rempli d'oignons et de pommes de terre qu'il jette sur les hors-la-loi. Une patate atteint Billy en pleine tête. Le bandit vacille et manque de tomber.

Encouragés par l'audace de Louis, les habitants d'Elizabethtown viennent l'aider. Bientôt, une pluie de légumes s'abat sur les Desperados.

Soudain, Bobby s'écrie :

— Éclair ! Viens ici !

Reconnaissant la voix de son maître, le cheval noir et blanc s'arrête, se retourne et se cabre en roulant des yeux exorbités.

— Ooooh ! fait John l'Anguille en tirant sur les rênes et en éperonnant les flancs du cheval.

Mathilde en profite : elle attrape la

jambe du bandit et tire dessus d'un coup sec. Un oignon lui frôle la tempe. Puis une pomme de terre. Mais Mathilde est têtue. Elle se cramponne au pantalon de John l'Anguille. Agacé, le bandit l'empoigne par la taille et la balance en travers de la selle.

Mathilde hurle, se débat, mord, donne des coups de pied. Rien n'y fait ; John l'Anguille est plus fort. En trois secondes, il arrive à maîtriser le cheval. Avec un hennissement de peur, Éclair repart vers la gare au galop.

Bobby s'effondre à genoux en pleurant :

— Mathiiilde ! Éclaiiir !

Impuissants, Jade et Louis regardent les chevaux s'éloigner. Cette fois, la situation est désespérée !

Chapitre 7

— TUUUT !

Bobby ouvre de grands yeux effrayés.

— C'était quoi, ce bruit ?

— C'est le train, le rassure Jade. N'aie pas peur.

Louis hausse les sourcils. Normal que Bobby ait peur : il n'a jamais vu, ni entendu de train. Et soudain, Louis a un déclic :

— Le train ! Les Cinq Desperados vont s'échapper en train, et personne ne pourra les rattraper !

Jade, Bobby et Louis se précipitent vers la gare. Oliver les suit en aboyant.

Louis réfléchit à toute allure : des bandits armés jusqu'aux dents, un otage, un train, trop rapide, même pour Éclair, et pas de shérif. Il va falloir se débrouiller tout seuls. Être rusés. Et surtout, ne pas faire de bruit. Ce qui signifie qu'Oliver ne doit pas venir.

Alors Louis ordonne :

— Assis, Oliver !

Le chien obéit et tire la langue.

Jade, Bobby et Louis se faufilent dans la gare sur la pointe des pieds. L'endroit est désert. Ça sent le vernis et la peinture fraîche. Sur un mur, une pancarte flambant neuve proclame :

BIENVENUE SUR LA LIGNE DU CHEMIN
DE FER TRANSCONTINENTAL.
DÉPART : COUNCIL BLUFFS, IOWA.
ARRIVÉE : OAKLAND, CALIFORNIE.
SÉCURITÉ ASSURÉE.
DURÉE DU TRAJET : 8 JOURS.
PRIX DU BILLET : 65 $.

Une porte entrouverte se découpe dans le mur du fond. Louis jette un œil de l'autre côté : les Cinq Desperados attendent debout sur le quai, leur magot posé devant eux.

Tout à coup, un groupe d'hommes armés de fourches, de pelles et de marteaux fait irruption sur le quai en hurlant :

— Rendez-nous notre argent !

— Occupez-vous d'eux, ordonne le Chef à ses complices. Pas de quartier !

Pete, John, Billy et Willy tirent sans hésiter.

— À terre ! crie un homme.

— Fuyons ! hurle un autre.

— Au secours, shérif! appelle un troisième.

Mathilde en profite pour tenter d'arracher son pistolet à John l'Anguille. Louis est très inquiet. Si ça continue, elle va se faire tuer ! Soudain,

Mathilde se retourne et griffe la figure du bandit, qui râle :

— AAAARGH ! Cette fois, ça suffit !

Il rengaine son arme et attrape une corde suspendue à la selle d'un cheval. Il attache les poignets de Mathilde, monte en selle, et fait grimper Mathilde devant lui. Puis il menace :

— Tu gigoteras moins quand je t'aurai attachée sur les rails du pont de Miller's Crossing !

John l'Anguille s'élance au triple galop le long de la voie ferrée.

— NON ! hurle Bobby.

Au même instant, un fracas épouvantable se fait entendre. Une locomotive déboule sur les rails en crachant une épaisse fumée noire. Les freins crissent. Des étincelles jaillissent des roues. Un sifflement retentit. Puis, un tintement de cloche. Et enfin, pchiiit ! le train entre en gare.

Le conducteur sort la tête par la fenêtre de la locomotive. Aussitôt, le Chef lui met le canon de son revolver sous le nez en annonçant :

— Ceci est une attaque ! Redémarre, et pas de coup fourré !

Pete le Costaud fait coulisser la porte du premier wagon, entasse les sacs de billets dans le train, et lance :

— On peut y aller, chef!

Au moment où le Chef grimpe dans la locomotive, Jade souffle :

— Regarde, Louis ! Les éperons !

Le cœur de Louis fait un bond. Sur les bottes du Chef, il y a deux éperons dorés, les mêmes que le shérif a récupérés chez le maréchal-ferrant.

Louis n'en croit pas ses yeux. Le shérif est le chef des Cinq Desperados ! Pas étonnant qu'il ne les ait pas crus quand ils ont fait exploser les pétards !

Jade paraît très en colère. Louis voit

ses yeux étinceler. Elle fait un pas en avant et s'écrie :

— On sait qui vous êtes, shérif! On va le dire à tout le monde !

Mauvaise idée. Parce que maintenant, le shérif est très fâché. Il saute sur le quai et braque son pistolet sur Jade en grondant :

— J'aurais dû me débarrasser de vous dès le début ! En plus, je déteste les gamins !

Le shérif appuie sur la détente.

Clic!

— Malédiction! Je n'ai plus de munitions! peste-t-il.

Il remonte dans la locomotive et pousse le conducteur sur le quai. Jade en profite pour plonger derrière un poteau. Ouf! Elle a eu chaud!

Louis empoigne Jade et Bobby par le col et les entraîne dans la gare.

— Il faut délivrer Mathilde! s'écrie-t-il. John l'Anguille l'a emmenée au pont de Miller's Crossing! Tu connais un raccourci, Bobby?

— La voie ferrée passe par le canyon, explique Bobby. En passant par les collines avec un bon cheval, on a peut-être une chance d'arriver au pont avant le train.

— Alors, il faut se dépêcher, parce que le train s'en va, dit Jade en pointant son doigt.

Lentement, le convoi sort de la

gare dans un bruit de ferraille. Sur le quai, les chevaux piaffent. Soudain, la locomotive crache un gros nuage de vapeur. Pchiiit ! C'en est trop pour les chevaux : ils ne sont pas habitués à tant de bruit et s'enfuient en hennissant.

Tous, sauf Éclair, que Bobby enfourche d'un bond.

— Et nous ? demande Louis.

— Montez derrière moi, répond Bobby. Éclair est assez fort pour nous porter tous les trois !

Aussitôt dit, aussitôt fait. Bobby agite les rênes, et Éclair démarre en trombe. Oliver a décidé de venir aussi. Il s'élance sur la route avec un jappement joyeux.

La piste poussiéreuse grimpe en haut d'une colline coupée en deux par un profond canyon. Le train est déjà en bas. Éclair accélère, mais le train va plus vite que lui. Dans quelques minutes, il sera sur le pont.

— On est trop lourds ! s'exclame Bobby, dépité.

— Continue sans nous ! réplique Louis. Jade et moi, on va essayer de prendre le train en marche !

Les deux cousins descendent de cheval, et Bobby repart à toute allure. Éclair file comme le vent. En quelques secondes, il a disparu de l'autre côté de la colline.

Jade et Louis courent sur la corniche qui surplombe la voie ferrée. Le train approche à toute vitesse. Son bruit de galop métallique résonne dans le canyon. On dirait un grondement de tonnerre.

Louis serre les dents. Il va falloir sauter sur le toit d'un wagon. Et bien calculer son coup.

— À trois, on y va ! Un… Deux… Trois !

Aïe-aïe-aïe. Louis a sauté trop tard ; il va s'écraser par terre ! Et puis non : il atterrit sur le toit en bois. Il dérape, roule, et s'agrippe de justesse au bord du wagon.

— Louis ! Je vais tomber ! crie Jade.

Emportée par son élan, Jade glisse à plat ventre comme sur une patinoire. Louis la rattrape par le bras et la ramène sur le toit du train.

Oliver a sauté aussi. Bien campé sur ses pattes, les oreilles au vent, la langue pendante, il semble le plus heureux du monde.

Première étape réussie. Maintenant, il faut arrêter le train.

Jade et Louis se relèvent en tremblant. Ce n'est pas facile de garder l'équilibre : le train tangue, et la fumée noire de la locomotive les empêche de bien voir. Les yeux de Jade s'emplissent de larmes. Louis ne peut pas s'empêcher de tousser.

Soudain, une silhouette sombre émerge de la fumée.

« Pete le Costaud ! »

Louis baisse les yeux : le sol défile à une vitesse folle. S'il tombe, il sera réduit en bouillie. Pete le Costaud s'avance vers lui d'un air menaçant et ricane :

— Billets, s'il vous plaît !

Chapitre 8

— Faites vos prières, mini coyotes ! gronde Pete le Costaud.

— Coyote toi-même ! crache Jade.

— Grrr ! grogne Oliver, les babines retroussées.

Louis se met en garde. Il a déjà vu des matches de boxe à la télé. Il suffit d'être souple sur ses jambes. Pete décoche un crochet du droit. Louis l'esquive en pliant les genoux. Le bandit réplique par un crochet du gauche. Le poing frôle la tête de Louis. Jade se jette sur Pete le Costaud, se cramponne des deux mains à son avant-bras, et tire. Pete la soulève comme une plume. Jade s'envole dans les airs en hurlant.

— NON ! crie Louis.

Le rire de Pete résonne dans le canyon :

— Mou-ha-ha-haaa !

Louis est pétrifié. Jade est tombée du train ! Elle est tombée, et...

— Au secooours !

C'est la voix de Jade. Louis regarde par-dessus le bord du wagon : Jade a réussi à se rattraper à une poignée de porte, mais ses jambes pédalent dans le vide.

— Louis ! Je glisse !

Louis se couche à plat ventre et saisit la main de Jade. Oliver lui attrape la manche avec ses crocs. Tout à coup, Louis sent quelque chose de froid contre sa tempe. Il tourne la tête. Pete le tient en joue avec son revolver. Un sourire cruel déforme son visage mal rasé.

— Je vais t'apprendre à fourrer ton nez dans les affaires des autres ! lâche-t-il sur un ton haineux.

Affolé, Louis regarde autour de lui. Le train file dans le canyon, droit vers un arbre qui pousse de travers sur la paroi de pierre. Louis serre les dents. Il a peut-être une chance de s'en sortir. Mais pour ça, il va falloir jouer la comédie :

— Pitié, monsieur le Costaud ! On ne veut pas vous dénoncer, on veut juste faire partie des Desperados !

Pete lui jette un regard ahuri.

— Hein ?

— Vous êtes notre modèle ! fait Louis avec une voix de petit garçon. Jade et moi, on vous kiffe trop !

— Vous me *quoi* ?

— On vous adooore ! intervient Jade, toujours agrippée à sa poignée.

Pete se gratte la tête avec le canon de son pistolet et bredouille :

— Ben… Euh…

À cet instant, le train passe devant l'arbre. Paf! Une branche percute les épaules de Pete, qui perd l'équilibre… et bascule dans le vide.

— Et d'un ! souffle Jade en remontant sur le toit. Plus que trois !

Le train vient de sortir du canyon.

Une immense prairie s'étend à perte de vue. Au loin, Louis aperçoit une rivière. Un pont en fer la surplombe.

« Miller's Crossing. »

Il faut arrêter le train coûte que coûte !

Les bras écartés pour garder l'équilibre, Louis fait deux pas en avant...

... et tombe dans un trou.

Un peu étourdi, Louis essaye de comprendre ce qui s'est passé : il a marché sur une trappe, qui a cédé sous son poids, et il est tombé sur les sacs de billets.

À vingt centimètres de Billy White.

Stupéfait, Billy bafouille :

— Hé !... Mais... T'es encore plus collant qu'une sangsue, toi !

Louis se relève. Billy lui lance un regard mauvais et dégaine son couteau. Louis sent de la sueur glacée couler le long de son dos. Une idée, vite !

— J'ai toujours rêvé d'être un hors-la-loi, dit-il en reculant derrière les sacs. Dans les films de cowboys, je suis toujours du côté des méchants !

Billy le dévisage d'un air absent.

— Oups, c'est vrai ! se souvient Louis. On est en 1860 ; le cinéma n'existe pas !

— N'essaie pas de m'embrouiller, le prévient Billy.

Louis grimace. Billy ne va pas être aussi facile à tromper que Pete le Costaud. Lentement, le bandit contourne les sacs de billets. Du coin de l'œil, Louis voit des jambes apparaître par la trappe. Jade arrive. C'est le moment de passer au plan B.

— Je ne suis pas aussi stupide que le Chef le dit, marmonne Billy.

— Exact, approuve Louis. En fait, tu es *encore plus* stupide !

Avec un cri de rage, Billy se jette sur Louis. Au même instant, Jade se suspend au bord de la trappe et balance un grand coup de pied dans la tête du bandit, qui s'écroule, inconscient.

— Et de deux! claironne Jade.

— Ouaf! Ouaf! confirme Oliver avant de sauter dans les bras de Louis.

Et maintenant, direction la locomotive. Jade, Louis et Oliver passent de wagon en wagon et entrent dans la réserve de bois qui sert à alimenter la machine à vapeur. En escaladant le tas de bûches, Louis ramasse un gros bâton qui ressemble à une batte de base-ball. Mieux vaut être armé, c'est plus prudent.

Les deux cousins s'accroupissent et jettent un coup d'œil dans la cabine enfumée. Willy White est occupé à mettre des bûches dans le foyer. Des flammes rouges jaillissent par la petite porte métallique.

— You-hou, Willy ! appelle Louis. Tu veux jouer au base-ball ?

Willy sursaute et se retourne. Il arrondit les yeux, retrousse la lèvre supérieure et pose la main sur son revolver. Paf ! Il reçoit un grand coup de bâton sur la tempe.

Le bandit recule, chancèle et tombe du train en hurlant.

— Et de trois ! fait Jade en s'engouffrant dans la cabine.

Le train roule à vitesse maximale. Il vibre tellement qu'on dirait qu'il va se briser en mille morceaux. Jade se penche par la fenêtre et hurle :

— Voilà le pont ! Mais… Oh, non ! Mathilde est attachée sur les rails ! Vite, Louis ! Freine !

Louis inspire un grand coup. Freiner. OK. Pas de panique. Il suffit de tirer sur une chaîne. Ou sur un levier.

Oui, mais… lequel ?

Chapitre 9

— Qu'est-ce que tu attends ? s'énerve Jade.

— Je ne sais pas où est le frein ! proteste Louis.

— Tu n'as qu'à essayer tous les leviers !

Louis tire le premier : le plus long de tous.

— Humpf ! Il est coincé !

— Tire plus fort ! s'égosille Jade.

Louis appuie de tout son poids sur le levier, qui finit par céder dans un grand bruit métallique.

Coup de chance ! C'est le bon ! Les roues crissent et crachent des étincelles.

Le train commence à ralentir. Jade et Louis sont projetés en avant. Ils s'agrippent aux rebords des fenêtres et regardent le train s'approcher du pont.

— À MOI ! hurle Mathilde en remuant pour tenter de se libérer.

Un peu plus loin, au bord de la rivière, John l'Anguille attend près de son cheval, un sourire mauvais sur les lèvres.

Soudain une silhouette noir et blanc

apparaît. Louis retient un cri de triomphe. «Éclair!» John l'Anguille se retourne, pose la main sur son revolver… Trop tard. Éclair déboule au triple galop et lui donne un grand coup de tête dans les fesses. Le bandit tombe la tête la première dans la rivière.

Plouf!

— Et de quatre! lance Jade.

Bobby saute à terre et se précipite vers Mathilde pour la détacher. Vite. Vite. Viiite! Le train est presque sur le pont! Bobby est terrifié. Mathilde pousse des cris stridents. Enfin, le train s'immobilise… à moins d'un mètre de Mathilde.

— Youpi! s'exclame Bobby en dénouant la corde qui maintient sa sœur prisonnière.

Mathilde se relève en tremblant et se jette au cou de Bobby.

Par-dessus le sifflement de la machine à vapeur, Louis entend un bruit de sabots.

Jade laisse exploser sa joie :

— C'est Frisouillis et ses hommes !

— Enfin ! soupire Louis.

Puis il demande :

— Au fait, où est le shérif ?

— Ici, répond une voix grave.

Louis lève les yeux et sent son cœur s'emballer. Debout sur le tas de bois, le shérif Sweetwater pointe un revolver vers lui.

— Ce six-coups est chargé, gamin. Alors je te déconseille d'essayer de jouer les héros !

Sauf qu'Oliver est caché dans l'ombre. Le chien bondit et referme ses mâchoires autour du poignet du shérif. Bang ! Le coup de feu part tout seul. Jade et Louis se baissent. La balle ricoche sur les parois de la locomotive. Sweetwater tombe à la renverse. Le revolver lui échappe des mains et disparaît entre les bûches.

— Sautez, chef! s'exclame soudain une voix aiguë.

Louis tourne la tête. John l'Anguille est sorti de l'eau et est monté sur son cheval. Il s'arrête à côté de la locomotive et répète :

— Sautez !

— Je ne peux pas, ce cabot ne veut pas me lâcher ! réplique le shérif.

À force de se débattre, Sweetwater finit par se libérer. Il se relève et saute sur le dos du cheval.

— Yaaah ! crie John l'Anguille en fouettant sa monture.

Le cheval se cabre, hennit et s'éloigne au grand galop.

Jade et Louis enragent. Les deux derniers Desperados ne vont pas s'en tirer comme ça !

— En selle ! rugit Jade en courant vers Éclair. Toi, Louis, tu tiens les rênes ! Moi, j'attrape les bandits avec mon lasso !

Louis trouve que c'est une idée très risquée. Mais comme il n'en a pas d'autre, il descend du train, grimpe sur le dos du cheval et ordonne :

— Va comme le vent, Éclair !

Éclair s'élance dans la prairie. Louis se couche sur son encolure. Le vent lui fouette la figure et emmêle ses cheveux. Derrière lui, Jade fait tournoyer son lasso au-dessus de sa tête.

— Les voilà ! s'exclame Jade. Rapproche-toi encore !

Louis tire les rênes vers la gauche. À présent, Éclair et le cheval des bandits galopent presque côte à côte.

Soudain, Jade lance son lasso. La corde se resserre autour des Desperados et s'entortille autour des jambes du cheval, qui s'arrête net. Zou ! les deux bandits s'envolent dans les airs et atterrissent dans l'herbe, ficelés de la tête aux pieds.

Louis tire sur les rênes. Éclair freine dans un nuage de poussière.

— Beau travail, les enfants ! s'écrie une voix bourrue.

Louis se retourne. Frisouillis et ses hommes arrivent au grand galop.

— Vous êtes dignes de porter mon étoile ! s'exclame l'adjoint en brandissant le poing.

— On préférerait celle du shérif ! réplique Louis avec un sourire.

★

— Pour nos quatre héros, hip, hip, hip… hourra ! clame la foule.

Tout le monde est rentré à Elizabethtown. On a enfermé les Cinq Desperados dans la vieille porcherie et déposé l'argent chez le maréchal-ferrant. Debout devant le bureau du shérif, le maire de la ville prononce un discours. Louis l'écoute avec un sourire radieux. À côté de lui, Oliver ronge un gros os de jambon.

Louis aime bien être un héros. Ça lui donne chaud au cœur et envie de chanter.

— Il nous faut un nouveau shérif ! reprend le maire. Je propose de nommer son adjoint ! Qui vote pour ?

— Moi ! répondent tous les habitants de la ville.

— Ce sera un honneur, monsieur le maire, ajoute Frisouillis.

— Vous l'avez bien mérité, shérif Curtis Key, réplique le maire.

Jade et Louis échangent un regard sidéré. En réalité, Frisouillis s'appelle Curtis... *Key* ? Il enlève son chapeau pour saluer la foule... et une cascade de boucles rousses tombe sur ses épaules. Louis n'en revient pas : Curtis est le portait craché de son cousin Richard !

Le nouveau shérif se tourne vers Jade et Louis.

— Je n'aurais jamais capturé les Desperados sans votre aide, déclare-t-il. Voilà votre récompense.

Il sort de sa poche une étoile d'or étincelante et poursuit sur un ton solennel :

— Jade et Louis, je vous nomme shérifs d'honneur pour la journée !

Curtis épingle l'étoile sur la chemise de Louis. D'un coup, Louis a la tête qui tourne. Sa vision se brouille. Il ferme les yeux. Quand il les rouvre, il est debout dans le grenier, habillé en jean et baskets. Trois secondes plus tard, Jade et Oliver apparaissent.

Dans le miroir, il n'y a plus ni ville ni prairie.

Louis décroche l'étoile de son tee-shirt, la repose dans le coffre, puis referme le couvercle.

— T'étais vraiment cool, en Calamity Jade, dit Louis à sa cousine.

— Merci, cowboy ! répond Jade en riant. Viens ! Allons voir l'*Arbre généalogique des Key* !

Jade, Louis et Oliver dévalent le petit escalier et se ruent vers la bibliothèque.

— Prem's ! s'exclame Jade.

Elle s'arrête devant le gros livre, tourne les pages toutes craquelées, puis s'écrie :

— J'ai trouvé !

Louis se penche au-dessus de son épaule. Au bout d'une branche de l'arbre, il y a un nom : « Curtis "Frisouillis" Key ». Louis lit à voix haute le court texte en dessous :

— « Le shérif d'Elizabethtown a fait régner la loi pendant soixante ans et a arrêté plus de cent desperados. »

— Et les cinq premiers ont été enfermés grâce à nous, conclut sa cousine. Tu sais quoi, Louis? Je suis super fière d'être une Key!

Louis sourit. Pour une fois, il est d'accord avec Jade.

Ouvrage composé par
PCA – 44400 Rezé

Cet ouvrage a été imprimé
en France par

BRODARD & TAUPIN

La Flèche (Sarthe), le 04-06-2014
N° d'impression : 3004992

Dépôt légal : juin 2014

MIXTE
Papier issu de
sources responsables
FSC® C003309
FSC
www.fsc.org

Pocket Jeunesse, une marque d'Univers Poche,
est un éditeur qui s'engage pour
la préservation de son environnement
et qui utilise du papier fabriqué à partir
de bois provenant de forêts gérées
de manière responsable.

PKJ • www.pocketjeunesse.fr
POCKET JEUNESSE

12, avenue d'Italie – 75627 PARIS Cedex 13